Carlos Alberto Gramoza

ESCAMBO

KOTTER
EDITORIAL

Coordenação Editorial: Sálvio Nienkötter
Editor-Executivo: Daniel Osiecki
Editor-adjunto: Claudecir de Oliveira Rocha, João Lucas Dusi
Capa e design editorial: Carlos Garcia Fernandes
Produção: Cristiane Nienkötter
Revisão e preparação de originais: O Autor

Dados Internacionais de Catalogação na Publicação (CIP)
Angelica Ilacqua CRB-8/7057

Gramoza, Carlos Alberto
Escambo / Carlos Alberto Gramoza. — Curitiba : Kotter Editorial, 2023.
80 p.

ISBN 978-65-5361-198-6

1. Poesia brasileira I. Título

CDD B869.1

23-2127

Kotter Editorial Ltda.
Rua das Cerejeiras, 194
CEP: 82700-510 - Curitiba - PR
Tel. + 55(41) 3585-5161
www.kotter.com.br | contato@kotter.com.br

Feito o depósito legal
1ª Edição
2023

Carlos Alberto Gramoza

ESCAMBO

Apresentação

Escambo em êxtase de Carlos Alberto Gramoza Vilarinho

Rubervam Du Nascimento

Ao deparar-me com a poesia, no mínimo, perturbadora de Carlos Alberto Gramoza Vilarinho, acreditei ser impossível qualquer leitura com base em padrões disciplinares da escrita convencional. O exame de conteúdo semântico, do ritmo apresentado pelo autor, requer uma visão dissociada do que pedem os puristas da linguagem. O que reúne Gramoza de particular, neste livro, aparentemente de pensamento caótico, corre o risco de ser ignorado, se não for visto como um exercício poético fora do padrão de racionalidade a que estamos acostumados.

Antena ligada para o conteúdo heterogêneo produzido pela poesia contemporânea, fui em busca dos ecos de seu poema com a necessária liberdade, para poder envolver-me pela estranha beleza dos sinais emitidos por uma poesia que soa de maneira incomum em nossos ouvidos, que ao seguirmos os desdobramentos, atormenta-nos a percepção, e nos obriga a proximidades menos cômodas, digamos, para receber as sensações delirantes da composição de seus versos.

Conheço Carlos Gramoza Vilarinho, e o que escreve, desde os 80, quando nos reuníamos na sede da UBE/PI, e sempre me chamaram a atenção a forma instigante como utilizava a palavra, a quebra do discurso, da sonoridade dos versos, sem a exigência de rimas, a fragmentação das ideias em seu poema. Depois de algum tempo sem saber por onde andava e o que fazia, reapareceu-me, há pouco mais de dois anos, em Teresina, com alguns originais que constituiria, mais tarde, este *Escambo*, pedindo-me uma avaliação. Aceitei a empreitada, depois de ouvir o poeta e entender melhor o clima que envolve sua poética, a maneira como organiza sua poesia, desorganizando a fala, o aprimoramento de conquistas verbais referentes a livros anteriores. A partir dessa conversa, tive a certeza de que é um autor verdadeiro, dono de seu caminho, que se entrega totalmente à sua escrita.

A fratura de pensamento que se imagina brutal em seu poema, e a cadência deliberadamente angulosa, como bem se pronuncia no verso "um anzol a armadilhar-se contra mim" (Nadadeiras) tem um alvo: ferir os mistérios que cercam a sua vida e tecem o seu ofício. Uma espécie de "prova dos nove" levada ao extremo, em busca de um novo sentido ao que põe no papel.

Lembro, a propósito, a polêmica sustentada pelo poeta argentino Aldo Pellegrini, ainda em 1952, tendo como foco os manifestos do surrealismo, movimento artístico de ruptura com a prática da escritura poética em voga, que no dizer de Pellegrini "soube denunciar todos aqueles que no passado e no presente pretenderam empoladamente salvar a humanidade, sacrificando o destino e as aspirações do homem concreto". Para essa luta, conclui Pellegrini, "usaram uma arma, cujo verdadeiro poder ainda desconhecemos: a poesia", Chegou a defender que o fazer poético surrealista visto por muitos, na superficialidade, sem o mergulho preciso no chamado "automatismo da escrita", nada tinha a ver com a literatura.

O autor deste livro nos provoca, ao esperarmos a recolha dos pedaços das camadas que constituem a sua poesia, e ao invés disso, espalha o que restou do tecido rasurado da confecção do poema; o esgarça ainda mais, dar mais cortes, sabendo ser impossível reparo, no que, em nossa voz, aceitou sem grito, demasiado desgaste. Diante de um momento de falência da comunicação, em tempos de apologia à retórica enganosa, acentuada pela repetição de insuportáveis clichês, em que foram diluídos os conteúdos simbólicos, tão caros à poesia, bom atentarmos para escritas que julgamos intrincadas, mas que, no fundo, representam o rompimento com os avisos que enchem as nossas mãos de falsos sinais, e desafiam a claridade de nosso olhar a ver o mundo de modo diferente.

Diante de uma visão de mundo tensionada pelo agravamento do perigoso mecanismo da máquina sistêmica que há tempos explora e danifica não só o comportamento humano, mas tudo o que circula dentro e fora dele. Sabe o autor que o mundo recriado no poema nasce do constante exercício da memória, ativada por tudo que consegue retirar de sua realidade histórica e social, das experiências de vida obtidas através dos anos de convivência com os espaços geográficos e sentimentais onde nasceu e vive.

Eu e o poeta Jorge Vicente, amigos comuns do Carlos Alberto Gramoza Vilarinho, após sugerirmos algumas correções gramaticais, incluídas nos poemas de forma não intencionais, aceitas prontamente pelo autor, fortalecemos a ideia de que sua poesia nos oferece, como admite em mensagem recente o poeta português, uma "linguagem forte, especial, diferente, que inquieta, sim".

Santo André/SP, inverno de 2021.

Sumário

Parte 1

Vozes loquazes

Vozes loquazes

Teu silêncio perturba
Turbilhão de angústia
No peito...
Mais uma mão dada
Negra se solta
Inerme abatida.
Nessa prolongada longeva
Renhida refrega,
Mais uma voz murchada
Uma voz que era loquaz...
Mas o sol afora
Virá por dentro,
Rasgando,
Descerrando outros dentes,
Tomando todos outros
Tantos lábios.
Turbidezes de sempre causando
Na audição dos seus senhores...
Muitos cantos e vozes
Assim pois era a sua...
Aspiramos o ígneo do seu coração,
As cores dos seus eflúvios,

As suas resiliências...
No sem fim desse fundo
Desse rio.
Seu espelho nos diz
Do nosso viço
Da nossa igualha

Ainda possíveis,
Do cerne
Da essência,
Não mais encurtada
As correias do nosso existir.

Para Marielli Franco

Mais um ano sem uma Marielle Franco

Saía sua voz das entranhas embargadas
Que compartes se queriam
De frutos colhedores
Que amanharam nos ossos dos séculos.
Um dia
Um mês
Um ano
A mudez
Sua voz em silêncio:
Vingaram rebentos
Que rochas querem em excitações...
Quais barulhos
toares
Em surdos ouvidos
Cegos olhos
Às salas afaimadas.
Invisíveis resilientes
Raízes alimentando os galhos em riste:
Sonoros nessa resistente
Cromática árvore milenar
No turvejado tempo
Para em exurgidos passos
Por sopros levantados
E em exudadas resinas
Não mais refluente.
Numa invernia restituí-lo
Para com viços cheirando a Jasmins
olhos e corações sedentos
nascerem
Flores nele sedimentados.
Para o não oblívio
Sempre o opor-se a ferro:
É dada a partida...

África Portuguesa

(Paixão das Águas)

Tem a paixão as águas
Desse rio
De desabalada correnteza
levam para o insondável
Do tempo a esqualidez.
Na água doce
Na água salsa
A epifania
Monitora no mundo volúvel
Em exulceração, vasqueante...
Em ruas avenidas praças,
Veículos, passos, em tumultos...
Vozes das águas
Vozes de outras vozes Exurgidas.
A chama do meu peito
De negro quilombola,
Das periferias,
Das favelas,
No peito do operário
Da floresta
Do branco aderido mitigado
No peito do indígena
No peito da mulher
Do mst, do mtst do Lgbt.
Intrínseca chama dessas vozes
E dessas águas afora.
Ver o norte procurando,

Sem preconcebidos pensamentos,
Raciais e sociais...
Num novo farol
Para a terra
Novos ventos sopram.

Escambo

Nelas acordados estão
desde que aqui aportaram
Seres saídos do mar.
Ressoa ainda a escama
A primeira refrega
A gangrena
Agora até
Nesse momento do 21
Em profusão
Façamos um escambo
Em nós adentro
Na alegria e na tristeza
Na saúde e na doença...
Até pela eternidade
Sem que para sempre a morte
Nos separe
Suportar não apenas
Procure não em mim
Um bizarro
Mas um eu
De lançar mão de forças
Para nos entendermos
Quem somos nós mesmos
Meu jeito de ser de existir
Sempre em riste
Que nesses dédalos
Saber procura quem se é!!!
Nas sinuosidades desse meu caminho
Não queria que aparvalhado prosternar-me
Seria nesses passos
Encontrar-me feito em inumano

Não estão a sós nesse caminho
Os meus passos
Dadas as mãos
Sem nenhuma a largar sequer
Atirados ao mundo
Recrescidos gritos
Teremos de Cariapemba
A sua grandeza
Adentro em nós recrescidas
Encrespadas
Pelos poderes da terra
Das águas...
Possuídos
Desde que aqui portaram
Bélicos navios de além mar
Hoje em todos portos...

Cicatriz

Desde o's seus olhos
Que vem pelos séculos:
A repulsa a ira...
Presente se fará outra vez,
Na floresta
Nas periferias
Nas favelas
Nas ruas... pelo país
Fogo vindo não fátuo
Já dos monturos por baixo
Saem fumaças
Labaredas em fúrias
Línguas com sons crepitantes
Lambendo as forças dos sanguinários,
Digladiando nas lambanças.
Virão outra vez.
Não haverá também exoração
Haverão gritos decididos,
De dadas mãos sem rodeios,
Para as refregas
Sem se desligar uma mão
Sequer
Resistindo os assaltos
Sem apelos...
No querer tudo crestar
Essa escrita é incômoda,

E tem essa chamativa
Para esse exurgir...
Para as nossas feridas,
As resinas, nos exurgidas
De tantas luas às atuais
Com vivacidades plenas Com louros nos aflorar.

Para Sônia Guajajara

Parte 2

Nadadeiras

Nadadeiras

Em riste iça de todo
O corpo
A barbatana.
Dela sabemos do antes,
Terra nossa no feitio desse tempo,
No antes dos invasores
E putrefações trespassando séculos.
Na América Latina.
Guardo-me em enigmas,
E evidências e por quê?...
E nadadeiras.
Em riste iça de todo
O corpo
A barbatana.
Nas safras de palavras
No dorso do rio
&
Mar:
Cabotagem não contenta o navio.
Um anzol a armadilhar-se contra mim
Ferir a correnteza piscosa
Nela colado o meu corpo.
E desse espanto
Soar brilhos, vestígios
Ventos a arrulharem.
Na tona
Ou nos mergulhos Fundos nos ossos.
A lanterna foca o tempo
Onde restituída ser a matriz,
Devolver-se
A olhos bem abertos.
Sem mais os seus donos
& Abades
&
Cia.

Sem ecos

Não percute às pedras
O olhar que acompanha
Os voos das Garças brancas,
Humanizar as pedras
Quem se capacita?!...
De flora, de fauna, delas,
Bandos ainda
Saltam aos nossos olhos Em fluviais passeios.
Quem capacita-se
E ver também a vileza,
A lama na sua alma
Delas impregnadas, o mesmo sujo?!...
Não querem as águas desse rio,
Mãos de pilatos,
No entanto nos homens
A oportuna detergência,
Da vida,
Não da vida de um eu,
Branco, vermelho, preto, roxo,
Mas a vida
Que pulsa no rio
Igual nas garças brancas,
Nas capivaras, nessas árvores... enfim.
Não percute nas pedras
O despovoamento das canaranas
E de outros arrimos de suas margens,
Para que de líquido leito
Em superposição de areias
Não o torne, o soterrando
E saimento.
Frestas parece não terem nenhuma

As pedras,
Para que penetrem-lhes as luzes.
Aladas espécies e rasteiras
E no chão fixas
Precisa continuar o rio,
A fazer-lhes as colorações
E nos que habitam as suas entranhas.
As melodias desses sopros
Que levantam essas folhas...
Que são fora
E dentro de mim
Que imemoriáveis tempestades
Naufrágios resistiu.
É única como motivo
De ainda crer
De um despertar no ser
De dedilhados clarões
Para um pontual velar-se e o tempo.

Rupestres

Pinturas e penas e arcos e flechas
E crânios e falos e caças e peixes
E desenhos.
Em momento de vertigem
Saem eles das rochas
Vem apanhá-los o sol,
E restituir-lhes os movimentos
As cores
E povoam as horas, e nelas os vivenciam,
E incomodam o silêncio.
E eram manhãs e tardes com gralhadas e sol
E noites com vozes e fogueiras e lua
E estrelas
Visões de homens e mulheres nus
Sem dolo,
Todos de luzes cobertos.
Eram manhãs e tardes com chuvas
E noites adentradas iguais
Enchendo córregos e rios.
A visibilidade do tempo
Indica a vida remansada da matriz
Nos falam as figuras
O princípio de todo em viços
Nos devolvem o princípio.
O reencontrar que se busca Com o antes:
De Cabral
E Colombo.
O antes, o feitio do tempo
Louvores da América
Civilizações maias, incas, tapuias, tupis
E o depois...

João do Rêgo Castelo Branco,
E seu filho,
E muitos tantos eles
Trazendo as putrefações:
Traçados destinos,
Brilhando em lâminas e projéteis, E mais...
Trespassando séculos.
E era manhã e tarde com gralhadas e sol
E noite com as suas vozes e fogueiras E lua e estrelas
e epinícios na América.

Canto Vasqueiro

Badalos de bem longe...
Chegam de distante...
Chocalhos que estes outros
Alguns despertam
Ecos na memória.
E berros e cantos
E ecos em variações.
Despelada a caatinga nos ossos,
Estorricadas, horas antes lhe furava
Toda, com violência o sol a pino.
Sombras do mato, e do tempo
Se achegando, apanhando-me
Calma faz-se tardezinha, horas seis.
O impossível do vedar a vazadura
No poço da memória.
- hora qualquer da manhã
Sol fora há poucas horas.
As chuvas chegaram
Mas o sol nesta manhã está fora.
Tanto mais forte brilha o sol
Tanto mais verde ainda as folhas,
E soltam os seus cheiros ativos de mato,
Frutas, flores, legumes, nuns ventos leves,
Que tocam suaves a corredeira
Do riacho Mulato
De água barrenta e escura.
Uns ventos que em afagos matriciais
Nos revolvem.
E há chocalhos e berros e cantos
E variantes de ecos.
E reencontro-me com o eterno, leve,

E a benquerença. As verdes frondes pulam,
E vão por dentro crescendo,
E sobem por mim em seus viços,
Sobre as branduras,
Depois das curtidas e difíceis deslembranças.
Perenes fossem esses viços
Da caatinga que pulam nesses momentos.
E se abrissem esses viços, em outros
Aos olhos, afora pelas vastezas
Sumidos andantes
Apertados os cercos
As agoniações estão em tudo
Em vasqueiras direções.

Inverno 1987

Uma caçada: uma fogueira acesa
cachorro para farejos, e acuos.
Vaga-lumes na escuridiça
Voos de corujas,
Uma lanterna para focar,
Noite passada, toda, no mato.
Mas hoje não é dia:
O relâmpago
As nuvens se formando.
- Hoje eu tive olhando
Um pedaço de roça
Que eu botei, o arroz, outros legumes
Tive olhando assim pra eles...
Se não chover nesses dias
Não vão aguentar não,
Tá tudo perdido.
- quem botou em beira de brejo,
Já está fazendo uma apanha
Mas quem botou em costaneira,
- a coisa tá feia, outra perca
- as chuvas causando estragos no sul
- estão em tudo as agoniações
- apertados os cercos
- Em todo lugar.
- Naqueles dias, daquelas chuvadas
Até que fizeram uma animação,
Alvoroçaram de um jeito...
Que fiquei olhando,
Pra eles assim!
Com esperança mesmo.

25-5-99

Parte 3

Resilientes Conexas mãos

Resilientes Conexas Mãos

Impoem-se ainda em mim
Essa escalada
Esse dar-se de mãos
Essa tântrica voz
Encostada na pele:
Essa desaguada esperança
De seivosas raízes.
Inpoem-se em mim ainda
O ter que acontecer esse dia.
O querer de volta
Esse sossego
Essa chuva fina
Com o sol aberto:
Casamento da Raposa.
Impoem-se em mim
Ainda
Esse dar se de mãos
Arrimos que foram desse
País
Sendo agora, continua...
De continuum
Emergências
Vindas à tona
Vai um dia
Reciclar
Mal barrea o outro
No mundo.

Suplícios tantálicos

Com iguais atributos
Como que deserdados
Invisíveis
No seu rincão
Para outros meios
Desertados
Forçadas saídas
Como inevitáveis
Evacuações.
Por uma nata
Que auto degrada-se
Na bitola
No rés do chão
Do seu mundinho vilão.
Nessa manhã
Vi esses olhos
Falando dessas feridas
Na pele,
Das suas cicatrizes,
Das provações,
Das saudades,
Dos tantálicos suplícios,
Do presente.
Dos louros em lugares outros,
Alcançada
A elevada autoestima.
Nessa manhã
Despertaram ventos canteiros
Que resistem ainda
Dentro neles e em mim.

11-5-2019

Empíreo

As seivas dessas resistentes
Raízes
Irriga pelo meu corpo
O coração.
Na terra em que berrou
O seu choro primeiro:
E desde ele
Deita os seus passos...
Estar no meu seu coração
Na terra o meu corpo
Meu corpo na terra.
O pulsar em mim na terra
Da terra o seu pulsar
Em mim
No mundo de dadas mãos.
Pulsos de nonadas
Pulsos do empíreo
E nosso quilate
Medir ninguém pode.
Contente
Barro Vermelho
Mimbó...
Num dar-se
De resilientes
De conexas mãos.

21-7-2019

Parte 4

Tempo inerrante

Palmar

Trevosos temporais:
O permanecente farol
Como iluminando o horizonte,
Suspenso retorna
O plenilúnio.
A canção na calma do mar
Sem vociferações,
Sem esgares
Como o sol
Na manhã seguinte.
Em riso maior aberto,
Parado
Sem acústica
Das silenciadas vozes.
Das marés vazantes
Às macilentas descarnadas
Das caatingas...
Em reles vidas,
Soberano reprimiu o néctar,
Despojou.
Pelos violentos ventos
Deletérios
Não se dilacera
Não se deleta
Nem some nas profundezas...
A canção:
Sobrevive.

Dentro da noite veloz

Roucos sons de veículos
Em loucas disparadas
por ruas e avenidas...
tresloucada vida,
Se arremetendo contra quem?
As exacerbações diárias
Os estresses
No tempo na noite veloz
do bater ponto no emprego
dos engarrafamentos...
dos sinais
de gritos de freios:
De tudo...
Nos altos roucos sons
Desses veículos
Que voam por ruas e avenidas...
O que vai na cabeça
Dos seus condutores
E do país, do mundo
No tempo em noite veloz.
Em cima da casa
Sobre a cabeça
Ensurdecedores nos ouvidos;
Barulhos de aviões
De ouvir paro
Coisas desinteressantes na tv
Helicóptero perseguindo
Assaltantes...
Mais e mais
Despolido o tempo.

Branco & Limpo

O deserto quarto
Silêncio nas concas
Total desdouro do tempo
Aturdida louca mente
Penetrando a sua essência
Programa chato na tv
Nada interessante
O impelir do sono
Da cama
Induzido pelos remédios
A vida vil no país
No mundo
A vida branca e limpa
Que me chama
É a poesia
Flores que esperam
Num mundo de difíceis abelhas

Rastros

Há dentro em mim
Machucados de folhas:
Galhos pendendo...
Com cajus
Mangas
Favas-de-bolotas
Cajás
Cachos de pitombas
Pequis...
O sol por dentro ilumina caminhos!
Rastros que com o tempo
Se apagaram...
Errantes derrelitos.
Permanente não meteoro
Quando o nectar?
Seu viço...
Homem esquálido
Desdourado
Esfaimando:
Respira o mefítico
Despedindo no tempo.
Sem choros
Sem cantos
Ausências de tudo
Em quintessência:
O mundo.
Nesse caos agora
Os rastros que persigo,
São de rútilas estrelas,
Nos azuis dessas mentes
Com metálicas vozes.

Nos meus anos
Em que me encontro...
Nos meus reptantes
Passos:
Será ainda que alcançarei?

Amor Fênix

O amor em fúria
O amor que faz suor
Chamariz
De árdegos
de corações
Em igualhas
Soprando ventos
Nos seus intentos
Que despertem expertos
Pensamentos
De transformarem falazes
Arcabuzes
Em explosões de flores
Engenhosas flores
Flores de sangue
Flores de seiva
deles livrar-se sempre
Tem eles pois
Volúveis voos de galiformes
Fasianídeos
Tem também o amor
Voo veloz
sempre salva-se
Com constâncias e sucesso
De suas predações
Os Beija-flores.
Grita a terra
Há corações há
Que fortes ouvem as suas pulsações
Há surdos e mudos corações
Pedindo socorro estar a terra

Corações de sangue
Corações de seiva
Chuvas
Secas
Vulcões
Furacões...
Que querem como fim
A aragem
Amor-Fênix

Inação

Na portinhola que dava para o terreiro,
No começo do corredor,
Encontrava-me o sol
Todas as manhãs...
Descerrados os seus lábios:
Para a mata
Para as emparelhadas
Duas palmeiras de Babaçú.
Moendo canas o engenho em ruídos,
E as forças dos homens da faina.
Aos meus ouvidos
Por todos os lados:
Cantos
Galhos pendendo
Sem flores o pé de Jasmim,
Berros...
Arroz Feijão farinha
Carne pedra-e-cal: missão cumprida.
Não ao estômago se deve servir
Apenas. Mas o intemporal...
O que faz sentir
O que a invernia
Faz como símbolos
Nascerem as flores de Jasmim
Entre espinhentos Mandacarus.
Com acenos de quem entendem,
A decisiva ausência minha,
Galhos desprendidos
A portentar-me
A deixar-me aflorado.

Origem

Lábios na minha memória:
Da minha avó
Maria pereira de Sousa
Da tia-avó Maria pereira de Araújo
Do meu tio distante:
Primo do meu avô,
Francisco Benício Gramosa:
Em colóquios nas noites
Em sossego
Sempre reflorescentes na memória
Negros indígenas brancos;
Raízes alimentando
A luta de dentro de todos
A paz de dentro de todos
Nas manhãs nas tardes nas noites
Têm ainda sons de ventos roldões...
Fico ouvindo os seus silêncios
Trazendo gotas frescas,
Olhando o sol no entardecer
Lento
Batendo leve nas folhas
Da mangueira no quintal
Da minha avó.
Lábios afáveis
Como águas doces de brejos
Em cabaças
Minha avó Maria Pereira de Sousa
Tia-avó Maria Pereira de Araújo
O tio distante Francisco Benício Gramosa
Primo do meu avô Pedro Gramoza Vilarinho.
Lábios que falam da experteza do existir,

Insólitos resguardados pela memória,
Do homem que vem e volta aos seus ancestrais,
Hirtas raízes de alimentos.

As ferrugens dos tempos

Os netos, bisnetos, trinetos,
Tetranetos...
Dos reis senhores...
Dominadores continuam do mar.
Nas refregas, nos desejos
De avassalar
No escuro mar vasqueiro
Na carne nos ossos no dia a dia
No tempo no seu ancoradouro.
Sina palmar
De todos sem diademas.
Seremos à deriva
Barcos sem portos
Mar vasqueiro...
Com brilhos vivazes
Nessas vascas
Para dar-nos alentos;
A toda vivalma...
Têm lua e estrelas
Eu tenho desde o meu recanto,
Caso com elas.
Eletrizados nos farão ainda
Bons ventos
Em delícias...
Roldões em todo mar
Das ondas no resistir...
Os domínios os despojamentos:
Em todo mar
Nas ferrugens dos tempos.

Ideia e som

Acesos brilhos ardentes
De estrelas
Que aparecem no pensamento
Fazendo vivo eletrizantes
No coração
Vindo nos olhos
Nos poros
Nas mãos
Procurando outras irmãs
Em letras os seus sons
Em peitoral ardor
De estrelas acesas no azul da mente
Para todos os olhos
Voam os meus olhos   Ver procuram
Para onde recolhidas
Foram as calmas
Gritos de pernas apressadas
Descartando sabores efêmeros sem valia
No escuro do mundo
E o poeta querendo romper
Trabalhando ideias e sons

Limbo

Por mais que me falem
Não sinto o raro aroma
Desse outro tempo.
Um sorriso que assenta
Nos lábios dessa criança negra,
Dessa criança indígena,
De um vento leve que também
Assenta nessas folhas...
Mostra-se para mim um mundo
E me escorre por dentro
De assaz possibilidade.
O sorriso dessa criança negra,
Dessa criança indígena,
Despertado mornamente, estua...
Aquilo que dele de suas veias
É o mesmo nas minhas também:
Caminhar livres
Como realmente se é...
Num mundo desempoado
Sem inúteis águas-sujas,
Nossos passos que insistem
Em não desviver.
Ronda o silêncio a floresta,
Envolta e da criança indígena
E da criança negra.
O que as aguarda, o que nos aguarda
Nós de todas as cores:
Indígenas, quilombolas, negros das favelas, espaços outros,
A mulher, mst, mtst, Lgbt...
Nos envolvem invisibilidades num limbo.
Sem mais nuvens para nos alimentar:

Só passos sem rastros
Sem de nada, vestígios
Sem indicados destinos.
Em nós silencio: o mesmo da floresta.
Por mas que me falem
Não sinto o raro aroma desse outro tempo.

Combustão

Quando o estalo
Desse sol
Nos tomar querendo em luz
Em incêndios cada estação
Estalagens
Quando do sol ouviremos
As suas acústicas
Que querem nos tomar
Todo os lábios
Que sobem à boca
Sempre embargada
Não deixaremos
Sociais escórias
Contingente grande
Mundo todo
As barras desbotar
Não o bruxulear do clarão
De seivas irrigadas
A ressabiada terra
Que ruge
Soa
Grita
Aos escarros
Que dela
E do ser humano Querem do seu exício
O lapidar.

Borrasca

Após o dia de cão
Ossos suores
Depois da borrasca.
O se abrir do sol
Melieiros lábios
Nas agregadas úmidas folhagens
Silenciosas conversações
Ventilado arvorejado coração
De vingados brotos...
Permanente faz peso
Esse chão
No rincão do coração.
Perguntas...
Mais silêncios que respostas...
Essa de repente
E ligeira chuva
Decifrar preciso essas vozes
No leito veloz desse rio
No mundo
Que já as tem alcançado:
O leve da nuvem
O cheiro da chuva
Os ruídos da mata...
O sorrir na foto,
Da prematuramente nascida,
Na banheira.
Para a sua irmã Isis
Da sobrinha-neta minha
Isadora
Nas ainda cintilações
Do seu agraço

Floridos melífluos vergéis
Ateando-me abelhas;
No seu néctar se nutrindo
Alinhavando outro tempo.

Travesseiros

De cabeças encostos
Com pensamentos outros
Opostos
Aos em praças expostos.
As inquietações
As pressões
Insulsos risos
Dores não físicas...
A contrastar-se
Com os de saltimbancos
Com os seus súcubos:
Corpos descartáveis.
Tudo claro.
Não tem ombros
Tem segredos
Os travesseiros.
Magnatas
Desviantes
Imperantes ególatras
Os mentores da vida do país
De almas os mentores.
Nos limites as fossas
De suas cenosidades assazes
Fortes maus cheiros.
Só em preço o pensar.
Não ao indígena
Água de barrela
Não ao negro
Água de barrela.
Magnatas
Feitos ondas erguidas

Por insurreitos fortes
Ventos soprando...
Roucas se batendo
Convulsas
Dando cabeçadas
Sem caminhos encontrarem
Nem farol
Dilaceradas
Extenuadas ondas
A morrerem na praia.

Ponteio

(ausências)

Só nas lembranças minhas
Existe você ainda
Esqueça não de mim
Não deixe de vir
Mesmo em forma de memória
Abro a porta
De dentro pra fora
Só me entram ausências
Os sorrisos que imaginava
Calaram-se em meu coração
Em cada parada
Bélicas fumaças
Estão a verdade matando
Sei que de repente
Naquele arvorejado recanto
Despertam-se vozes e cantos
Em barulheiras
Em lembranças de mim
Salgadas revivências
Com a embriaguez
Dos cheiros de mel quente
Do jasmim
Completo acho-me
Em forma deixa-me
Nessas salmouras
E despertam-me
Em permanente sortida
Fornida manhã
Que só nas lembranças

Tão ainda existem
Tomando-me o sol
Todo os lábios
Nela e em mim
Melieiros sopros gerais
Incessantes torrenciosas
Boas águas
Por bilhas a pontearem
E servi-las.

Degradação

Em altas ondas
Pelos fortes ventos
Se levanta o mar.
        Desde onde alongo os olhos
        E não vejo
        Aguço os ouvidos
        E não ouço
De lá chegam desses outros
Em profusões
Em um eu amontoando
Em fluxos e refluxos
Surgem de todos as direções
De todos lados
No mar de roucas vozes.
        Dores
        Esqualidezes
        Turbulências
        Ansiedades.
Passos deambulando
 Sem luar
 Sem faróis
 Insolados
 Nesgas de devaneios
De sonho.
        Por espermas
        Não esquálidos espermas
        Um outro fecundado melieiro
        Mundo
        Extirpado o mundo outro
Esse
O mar em êxtase
Permanente orgasmos de virações.

Gesto Essencial

Enrijecidos nervos
A insensibilidade
Olhos que só olham
Nada mais
Em loucura
Em mim
Petrificado Jasmim
Angustiadas calmarias
Expressão dura no semblante
Reação nenhuma
Como o tempo
Parece que igual a mim
Está enfermo tudo
De pernas pro ar
Roucos veículos
Voam na avenida
Rompi o silêncio
Que quiseram pra mim.
Dentro em mim esse vazio
Como esse copo que não bebi.
Beijos nesses lábios
Que não foram meus
A voz que não saiu
Esses braços
Que seu corpo não abraçaram
Sua primeira vez
Que não foi minha
Que jamais as outras serão
Esses seus prazeres
Que comigo nunca foram
Nem serão

O mutismo desses olhos
Quando os seus encontravam
Distante eco na memória
Tempo que virou silêncio.
Mais que de repente
O preparo
Nuvens se formando
Chuva que sempre chega
Engravida as entranhas
Frutas maduras no coração
Sempre sedento
Enquanto chuva houver
E sol em conjunção
Servidas taças de canções
Lançadas na mesa do mundo.

Miopia

Mudos pássaros no arvoredo
Em silenciosos diálogos,
Com se já não se pertencessem
Mais Invisíveis asas
Sem ruídos...
Por onde nulificada
Passa a mó
Pelos míopes moinhos
Dos tempos
Sem percepção do momento;
Dessa paragem
Nesse caminho andante...
Morder o asfalto
Que esquálido,
Que espraiado,
Em todo canto está.
Em pendentes ramos
Ainda flôres existem;
Que esperam ainda,
Puras, fecundas,
Mitradas abelhas.

Para meus primos
Laércio Parente Gramosa
F. P. Vilarinho Junior
E meu amigo grande poeta Jorge Vicente

As palavras e a garrafa

Contidas na garrafa
As palavras
Por farol guiadas
Em caminho certo
Que sabe o marinheiro;
Imersas jamais serão.
Diário esforço
Paciente
Sem pressa de chegar
Enferrujado o tempo
Descaminhos
Ruínas de ausências.
Contidas as palavras na garrafa
Ideia e som
Querendo clarear
O fundo turvo
Dessas águas desoladas.
O sentir o oceano o marinheiro
Que do mar sabe
Todas as vozes
Em cada porto os mesmos tons.
Palavras na garrafa

Lançadas...
Sem de chegar a pressa Mas o desejo!
Sem veleidades
De em cada porto:
Jogar suas âncoras
Atracar;
A paz.

Tempo inerrante

Impulso no coração
Do voo de uma ave
No seu chegar e partir.
Da árvore se despede ela
E dela se despede a árvore:
Ou desoladas
Não vê elas mais apelos.
Será que esse outro
Que sou eu
Que o ódio desperta
Deve ser extirpado
Do planeta, descartável
Destruído...
Que pode esse outro
Que sou eu
Medo causar...
Deificação do tempo
Inerrante
Nele esperemos...
A essência penetrar
O mistério
Desse outro que sou eu;
Os increpantes
Os infensos
E remitentes
Me verão sem prosternação
Com a canção que invento
Ventos acalmando
Deificado lemeiro
No seu certeiro timão.

Confissões matriciais

Se afastaram tantos
E tantos chegaram
Tem braços o coração
Mas para as amarras
Das âncoras
Lugares não têm...
Tem braços que abraçam
Nas chegadas
Nas saídas.
Neles se irmanaram
Peles de diferentes cores
Que aqui chegaram
Com as que aqui
Já estavam.
Imóvel sou
Navios não escolho
Que aqui se ancoram
Ou não em mim
De navios saíram
Peles inermes
Com os que aqui já estavam:
Vendidas humanas carnes.
A escrita
Lábios
Permanentes
Na apurada memória
Em remembranças:
Mãos algozes
Nas águas desse rio
Fizeram
Forçaram

Nelas vozes silenciarem...
Vida linear
Nunca teve essa cidade
Nem hoje estar tendo.
Vendidas humanas carnes
Imperceptíveis hoje até;
Sem matriz
Que construída foi pelas suas mãos,
Que para o limbo foram afastadas.
Nem presságios há
Esse querer a esperança
Esgotar
Esse insistir de dolorida
Ausência sua...

Vigília

Submerso estou nessas águas
À tona vir até e dar braçadas:
Entre quatros paredes
Estou de mim mesmo exposto.
Esperando
Que o sal e o mel dos meus olhos;
E a grita
Trespasse
Num somar
Com as vociferações desse mar.
Dou braçadas entre quatro paredes
Nesse mar nesses ventos
Nessas represadas correntezas
Nessas ondas
Pelo ventos erguidas
Enrijecidas forças...
Espero que em outras vindas
Quebrem o silêncio
Não jorros de sangue
Mas um fornido amanhã:
De mãos que se erguem;
Que se querem
Irmanadas ao coração.

Paupérie

Voam veículos roucos
Voa o tempo
Passos nas calçadas
Fugindo fugindo...
O medo...
Incertos retornos
Para casa
Desses passos.
Da porta pra fora
Tudo a perigo...
A mais importante parte
Não deveria ser o preço:
Mas o coração
Pelas artérias parindo vidas:
Tornadas para todos incertas.
Jorgadas à própria sorte
Por vespas o povo
Repetidas vezes sempre...
Como latas vazias de cervejas,
Baganas de cigarros,
Nas sarjetas...
Bosta n'agua...
Imperativos são passos
Pela casa delimitados
O medo de tudo
Dentro dela até.
Nada de novo nada
No horizonte que amanhece
Apenas
Roucos veículos nas ruas avenidas
Roncos no ar...

Espremidas gentes nas calçadas
Nas praças nos ônibus...
Mentes terra-a-terra
Nascenças dela disso tudo,
De paupérie
Roucos sons de aniquiamento,
Nos caos entoado.
Mas o amor sinto persistir
Em fulminantes olhares
Denunciantes
De mais uma decepada
Vida na praça,
Que esses olhares morde.

O tecido da Fonte

Sob esse chão
Alimenta as árvores
A poesia
Galhos em mim crescem
Rompendo-me as entranhas
O sol tirando o desbote
da barra da manhã
Em confusões em toares
Vozes e cantos
Pulsando-me no peito
Meu coração.
Caíndo folhas secas
Sem peso fazer no chão
E a cair se demorando...
Como o Mulato
Um filete de rio
Mas em dessemelhantes ímpetos
Na descida
Deslizes do Parnaíba:
Juntos a manhã tecíamos.
Entre as minhas mãos em concha
O Mulato
Não tem mais o puro brilho
Como o dos olhos daquela criança
Que ileza não passou
Dessa lente
Da sua canção de cristal.

Trajeto

Nos encontrarão
Sorrisos, esses,
Que se calaram no nada
Em certeiros cantos,
Eletrizadores
No centro do peito.
Nos virão veremos
Nos secos lábios
Que assim vimos
Nos olhos odores ressoarão
Na sentida presença.
Lineares
Não tem ninguém esses passos.
Lagamares
Nos nossos rasados rios
Em mentes terra-a-terra
Nesses turvosos tempos
Desfeito o nevoeiro.
Não quero mais portos
Solta as âncoras nesse mar
Pequeno que ficou
Para nele
Alma grande se perder
Diluídas aflições
Quando nas concas
É chegada uma viração.
O nada se impõe
O nada apoia o ser
No saber a si próprio,
E de sua gesta.

Sal e Doce

O fulminante olhar
Num estalo
O contrapelo
Uma certeira flechada
No meio da verdade
Dentro em mim
Sou um hospício
Com loucas flores
Em anomias
Neófilas
Sem pecados
Nem contrições
Seduz-me essas loucuras
Que trespassam a aparência
Despe o rei
Exibe a realidade
A verdade que brilha
Vibra
A eternidade sal e doce
Fundo penetram-me
Os sons
Dessas loucas flores

pólen bold 90 g/m2
tipologia a771-roman
impresso no verão de 2023